AF263088

Ye

25734

L'ARGENT

ET

LA POLITIQUE

PAR

M. A. LAVERPILLIÈRE

(DE L'YONNE).

PRIX : 50 CENTIMES.

BARBA, LIBRAIRE,
PALAIS ROYAL, GALERIE DE NEMOURS;

PAULIN, LIBRAIRE,
PLACE DE LA BOURSE;

GUILLAUMIN, LIBRAIRE,
RUE NEUVE-VIVIENNE;

HAVARD, LIBRAIRE,
RUE SAINT-JACQUES, 234.

1834

IMPRIMERIE DE HENRI DUPUY,

rue de la Monnaie, 11.

L'ARGENT ET LA POLITIQUE.

L'ARGENT.

Vertu! beau substantif; substantif respectable;
Est-il bien respecté? Comme mot, c'est probable;
Comme fait, observez : si nos salons dorés
Représentaient nos mœurs ; sur nos hommes titrés
S'il fallait parmi nous juger de la morale ;
Que penser!... Probité, pudeur, foi conjugale,
Honneur, sermens ; vains mots. L'esprit tout positif
Aux sentimens de l'ame applique son tarif.
L'hymen est un calcul, l'amour est un caprice ;
Du contrat, du plaisir, l'argent est le complice.
Le code des salons est un code indulgent
Qui, dans l'heureux fripon, ne voit que son argent.
Qu'importe le moyen, pourvu qu'on en obtienne ?
L'argent sent toujours bon, de quelque part qu'il vienne.
Dans ce vers bien frappé, Regnier, naïf auteur,
D'un empereur romain s'est fait le traducteur.

La morale des rois n'est pas toujours morale.

L'avarice a souillé plus d'une ame royale.

L'argent, voilà le but plus ou moins éloigné ;

On ne s'informe pas comment il est gagné.

On estime l'effet sans rechercher la cause.

Aussi, pour s'enrichir tout fripon se dit : « Ose,

» L'estime des salons s'attache au produit net ;

» Vise au produit. » *Virtus laudatur et alget*,

Dit le vieux Juvénal, si j'ai bonne mémoire.

Supprimez *laudatur*, vous aurez notre histoire.

Les succès des coquins qui manquent à Toulon

Sont l'histoire des mœurs de tel brillant salon.

Clénars pour s'enrichir joint l'audace à la ruse ;

Et le profit du vol au voleur sert d'excuse.

Florimon député vend le peuple au scrutin :

Et pour excuse il a le vote du voisin.

L'acheteur corrupteur, corrompu par système,

Le devient sans remords, consultant son barême.

Il a deux millions, c'est mieux que de l'honneur.

De superbes tableaux ce fougueux amateur

Est-il connaisseur ? Non. Un chef-d'œuvre admirable

N'est rien qu'une valeur contre l'or échangeable.

Un tableau, c'est de l'or ; des fusils, c'est de l'or ;

Des sabres, c'est de l'or. Pour en gagner encor

Il vendra des boutons, des guêtres, des gibernes :
Il vendrait, s'il l'osait, jusqu'au pain des casernes.
Ses collègues et lui sont des.... logiciens.
Charmant cours de morale ouvert aux citoyens,
Dont l'exemple des grands formera la logique !
La clef d'or de Viennet va devenir classique.
Luxe, besoins, orgueil, vices et passions,
Que de moyens offerts pour les séductions !
Les séducteurs ont l'or, les emplois et les titres.
Hommes faibles, ces gens deviendront vos arbitres.
L'or seul est honoré dans la société ;
Vous craignez ses mépris ; adieu la probité.
Tel a de son honneur fait bon marché, peut-être,
Pour nourrir un penchant dont il n'était plus maître.
Les maîtres de ce monde ont senti qu'en effet,
Créer de faux besoins, c'est régner par le fait.
Tout homme corrompu, de ses penchans complice,
Vendra sa liberté pour l'entretien d'un vice ;
Mais qui veut vivre libre ainsi qu'il a vécu,
Proscrit de vrais besoins pour garder sa vertu.
Entendez-vous Dupin crier à la tribune
Que celui qui n'a point conservé sa fortune,
Ou n'eut point le secret de gagner de l'argent,
Mérite le mépris, seul lot de l'indigent,

De la société paria prolétaire.

Un prolétaire, qu'est-ce aux yeux du doctrinaire?

Un bipède qu'il faut annuler dans l'Etat.

Dangereux citoyen et dangereux soldat,

On l'enchaîne au profit de la Sainte-Alliance....

Heureux les gens brouillés avec leur conscience!

Pour eux que de moyens de gagner des écus!

Est-il si bas emplois qui ne soient pas courus

De ceux pour qui l'argent compense la bassesse!

Gisquet a des mouchards dans la haute noblesse;

Fouché dans sa police avait des cordons bleus

Qui vivaient noblement de la banque des jeux.

Les jeux!.... Quoi, des joueurs affermer la ruine!

S'enrichir du produit d'une carte assassine,

Et sur le suicide hypothéquer ses gains!

La police a besoin de profits clandestins.

Ces faciles beautés qui, vers le soir errantes,

Appellent les passans de leurs voix caressantes,

En payant fin de mois un impôt régulier,

Moyennant un diplôme exercent leur métier.

Intéressant moyen d'utiliser le vice!

La débauche a du bon. Consultez la police

Dont le budget moral entretient des sergens,

Dont le budget honnête entretient des agens

Lançant adroitement sur les places publiques

Quelques mots, germe heureux de procès politiques.

Empoignement, prison, rapports accusateurs,

De conspirations avec art délateurs,

Qu'avec plus d'art encor brode et met en lumière

D'un moderne Jeffris la plume meurtrière.

Le rapport de l'agent prend forme de procès

Dont une habile main prépare le succès,

Ajoutant, raturant sur les pièces produites :

Ce qui vaut à l'auteur des ratures susdites

Le nom de.... l'euphémisme offrait aux accusés

L'équivalent du nom en mots paraphrasés.

Ils ont été grossiers comme un dictionnaire,

Je n'aurais pas osé, moi, l'appeler faussaire.

Pauvre homme ! que veut-il !.... Ce que voulait l'agent,

Monter en grade, puis de l'argent, de l'argent !

Un ministre entouré d'une foule idolâtre,

Et Paillasse, en plein vent, planté sur son théâtre,

D'un rôle différent affublés sous nos yeux,

Pour les profits du rôle ont même goût tous deux.

Au ministre, pourtant, je préfère Paillasse.

S'il meuble son théâtre avec une grimace,

Il gagne son argent et ne le vole pas.

De sa seule conduite on est maître ici-bas ;

Et Paillasse brave homme entend mieux la logique

Qu'un ministre dont l'ame est tout arithmétique.

L'arithmétique est tout; l'esprit calculateur,

Du génie et des arts suppute la valeur

Comme on supputerait les profits d'un manœuvre.

Si Molière donnait son immortel chef-d'œuvre,

Combien vaut-il d'argent? se demanderait-on.

On verrait qu'il vaut moins que le *Pied-de-Mouton*.

Et de notre univers découvrant le système,

Newton, le grand Newton, jugé d'après Barême,

Oh! certes, ne vaut pas cet écumeur actif

Rapportant son butin sur son rapide esquif.

Le romantique même, amoureux de la lune,

Rêve mieux qu'un classique aux soins de sa fortune;

Des brouillards et des nuits troubadour descriptif,

De son vague idéal il fait du positif....

De sublimes transports pourquoi nourrir son ame!

Pourquoi la saturer de cette vive flamme

Qui de l'amour des arts embrase un noble cœur,

Si la vertu sans or est vouée au malheur;

Si le talent sans or, à la vertu fidèle,

Doit languir méprisé quand son honneur rebelle,

Cultive, trop certain de ne point parvenir,

Et sa gloire présente et sa gloire à venir!

Aussi la probité, dédaignée et proscrite,

Végète tristement, compagne du mérite;

Et le crime insolent, de *splendeur revêtu,*

Foule sous ses pieds d'or l'indigente vertu.

La vertu!... Vous riez, Tartufes doctrinaires,

De nos Caméléons rebuts héréditaires.

Dans vingt partis divers, pris, quittés et repris,

Récoltant en détail de l'or et du mépris;

Maintenant au pouvoir pour votre propre compte,

En masse accaparez de l'or et de la honte.

Vous voilà satisfaits, politiques roués;

Au timon de l'État vous vous croyez cloués.

Et vous du tiers-parti, nous savons le mobile

De votre zèle ardent pour la liste civile

Que vous vouliez grossir. Pauvre Roi citoyen!

Tyraniser ses goûts! lui qui ne voulait rien!

L'État paie assez bien; mais l'État, qui le paie?

Peuple, le sol est bon, et le travail t'égaie.

Travaille; tu pourras, t'égayant tous les jours,

Fournir à nos grandeurs argent, plaisirs, amours.

Les trésors de Cérès entassés dans tes granges,

Le nectar prodigué par le Dieu des vendanges,

En tonneaux bien remplis, dans tes caves rangés,

Impôts et droits payés te vaudront échangés

En seigle fort commun presque ta nourriture,
Celle de tes enfans, de ta femme; l'eau pure
Suffit pour humecter vos rustiques gosiers;
Mais ton léger froment, les vins de tes celliers,
Et ces fruits savoureux que tes labeurs font naître,
Pour toi ne sont point nés; ils ne doivent paraître
Qu'aux tables dont jamais n'approchent les vilains
Qui vivent bassement du travail de leurs mains.
Voilà l'égalité par Juillet tant promise,
Que prêche l'Évangile, un peu mieux que l'Église,
L'Église aime l'argent, convenons-en bien bas;
Et la philosophie a, je n'en doute pas,
Corrompu le clergé du siècle de lumières.
Il ne fait rien pour rien, pas même ses prières.
Et pour être à profit maître de notre sort,
Il taxe la naissance, et l'hymen, et la mort.
Pontife de Wichnou, pontife à la Tiare,
Patriarche, Muphti, grand Lama du Tartare,
Saints prélats à carrosse, et faquirs aux pieds nus,
Prêtres à chapeaux ronds, ou carrés ou pointus;
Jésuite, capucin, bonze, rabbin, bramine,
Moines noirs, blancs ou gris, abbés fourrés d'hermine,
De culte divisés comme d'opinion,
Ont tous en fait d'argent même religion.

Grands de tous les pays, chefs d'État, chefs de bande,

Rois absolus (pardon de la liberté grande),

Comme leurs saints docteurs, de l'argent amoureux,

Sont dans l'art d'en trouver toujours ingénieux.

Par exemple, chez nous, que de pompes fiscales

Font couler notre argent dans les caisses royales !

Sans argent on n'a plus le droit de travailler,

D'exercer un emploi, de vivre d'un métier.

Quand l'active industrie en longs efforts s'épuise

Pour enrichir l'État que sa main fertilise,

S'épuisant en calculs, le fisc dévorateur

Poursuit de ses impôts le travail producteur ;

Et gênant le travail qu'il accable sans cesse,

L'État est destructeur de sa propre richesse.

C'est l'avare tuant, dans l'espoir d'un trésor,

La poule qui lui pond chaque jour un œuf d'or.

Deux cents francs, électeur ; cinq cents francs, éligible;

Sous un Roi citoyen un tel cens exigible !

Regis ad exemplar componitur orbis.

Or, les Rois, comme on voit, ne règnent pas gratis.

LA POLITIQUE.

— Congrès, que nous veux-tu? — Vous rendre heureux.

[—Tu mens.

— Pour le bonheur de tous j'ai publié mes plans.

— Tu mentais. — Pénétré des besoins de l'Europe,

Le congrès est moral et presque philanthrope.

— Tu mens. — D'honneur. — Tu mens; tu mens. — Si

[j'en jurais

En faisant devant Dieu serment! — Tu mentirais.

Tu mentiras toujours : les Rois sont tout mensonge.

Dans l'avenir déjà leur politique plonge.

En espoir ranimant la cendre du passé,

Sous le joug féodal le peuple est replacé;

Du trône et de l'autel la ligue despotique

Promène sur l'Europe un sceptre fanatique.

La vengeance royale enrôle ses bouchers;

La vengeance dévote allume ses bûchers,

Et dans Paris en feu le Cosaque barbare

S'enivre sous les yeux de son prince tartare.

Voilà ton plan, ton but. Tes moyens, quels sont-ils?

La trahison. La ruse en dirige les fils.

Ton homme est Metternich; ta dupe:... O pauvre France !

O peuple européen ! ajournez l'espérance.

L'ordre de chose veut une paix à tout prix ;

Ce prix lui coûte peu. Ce n'est que le mépris.

L'avenir est à nous, à vous. L'ordre de chose

Aujourd'hui doit vouloir ce qu'un Russe propose.

Ce Russe, c'est un homme. Un homme ! oh que non pas ;

C'est un Roi.... répondant au nom de Nicolas.

Il a des pieds, des mains, il a figure humaine ;

Et par sa volonté, volonté souveraine,

Fait mouvoir des soldats barbares comme lui,

Mais moins bien habillés. Nicolas, aujourd'hui

Tueur de Polonais, à la Sainte-Alliance

Promet pour l'avenir une tûrie en France.

Mais il y faut entrer ; et c'est là l'embarras.

La politique doit précéder les soldats.

Sa politique à lui, c'est de tuer la presse.

Elle gêne ses plans, et quelquefois le blesse.

— La presse est un scandale, et de par Nicolas,

Avec Barthe et Persil la presse étoufferas.

—Monsieur l'ambassadeur, comme au temps de nos pères,

Des prisons, des cachots les rigueurs salutaires ;

Les amendes toujours poursuivant l'écrivain ;

Preuves de mon dégoût ; mais on condamne en vain ;

Les nombreux souscripteurs aidant les journalistes,

Des nos fiers ennemis nous déroulent les listes.

Et malgré les calculs auxquels Persil prend part,

Dans nos jurys de choix, choisis par le hasard,

Une majorité d'humeur indépendante,

Sur quarante procès nous en fait perdre trente.

— Réformez le jury ; c'est de par Nicolas....

— Monsieur l'ambassadeur, oh ! vous ne savez pas

Que nous avons affaire à des gens indociles,

D'avance devinant tous nos projets hostiles ;

Et faisant avorter tous nos projets cachés !

Voyez le résultat de nos forts détachés !

— Vous y renonceriez? — Pour le moment. La presse....

— C'est de par Nicolas. Songez que le temps presse.

C'est une question ou de vie ou de mort.

L'esprit républicain est chaque jour plus fort.

Et si demain les bras s'unissaient au principe,

Vainement parmi vous quelque nouveau Philippe

D'un mulet chargé d'or emploirait le moyen ;

Ces gens refuseraient, ils ne désirent rien,

Sinon de propager leur foi républicaine.

— Le peuple les comprend, je le vois avec peine.

— Alors vos tribunaux (vous y deviez songer)

Sont pour eux un moyen et pour vous un danger.

Ajouter, raturer, dénaturer des pièces ;

C'est à merveille, mais on cache ses finesses.

Autre faute. Pourquoi lire ce testament

Où des républicains on voit le sentiment?

Quoi, dira-t-on, ces gens qu'on traite d'anarchistes

Sont sages et croyans; intrépides théistes,

Ils pensent qu'en martyrs morts pour la liberté,

Leur ame jouira de l'immortalité!

L'ame! Ni vous, ni moi n'y pouvons rien comprendre;

Mais contre leurs projets songez à nous défendre.

Les laisser expliquer, devant vos tribunaux,

Leurs principes que vont propager vos journaux,

L'égalité pour tous et d'immenses réformes

Dans les lois, dans les mœurs, dans nos budgets énormes;

Gouvernement enfin à bien meilleur marché ;

Croyez-vous que le peuple en pût être fâché?

Payant tous les abus, d'aucun il ne profite.

Or, ces abus, c'est vous, c'est moi, c'est notre suite,

Et notre suite à nous coûte au peuple à nourrir.

Le peuple européen n'aurait qu'à réfléchir !

Adieu les.... comprenez! — J'en frémis, je vous jure :

— Le mal vient de la France ; en France la censure.

— Si l'on peut. — Il en faut; c'est de par Nicolas.

— Est-ce tout ? — Non. — Parlez. — De trop nombreux

[soldats

Sont maintenant au nord placés sur vos frontières.

—On les retire. Après?...—L'Espagne...—Vos lumières
Vous indiquent mes plans. — Point d'intervention ,
A moins que.... — L'à moins que, c'est mon intention.
— Comprimer le parti qui veut l'indépendance.
— Ancône.... — D'une marche une simple apparence
Doit suffire. Attendez l'ordre de Nicolas.
— J'attends. — Et le Midi? — Pour si peu de soldats!
— Les contrôles, demain il faut qu'on me les donne.
—Aujourd'hui, dans l'instant ; que votre maître ordonne ;
J'obéis. — Vous voyez que c'est pour votre bien.
Tous les Rois ont besoin d'un mutuel soutien.
C'est chez vous qu'est placé le bureau d'assurance.
Vous n'êtes pas pour rien dans la Sainte-Alliance ;
Laissez-vous diriger. Vos gens sont maladroits,
Leurs plans sont mal conçus, leurs projets sont étroits.
Plus de demi-moyens, plus de marche tortue.
L'arbitraire tout franc. La légalité tue.
— Des cachots! — C'est trop peu ; des têtes. — C'est trop
[tôt.
— Si le congrès vous dit : Je le veux, il m'en faut ;
Que ferez-vous alors? — Ce que je pourrai faire.
Ah ! si l'armée était tant soit peu doctrinaire !
— Cachots, forts détachés, censure.... — L'embarras!
Le peuple.... — Il faut oser, c'est de par Nicolas.

FIN